Para Íker y Hugo.
Y para Magela, que
siempre regala ideas.
D.A.

Papel certificado por el Forest Stewardship Council®

MIXTO
Papel procedente de
fuentes responsables
FSC® C117695
FSC
www.fsc.org

Penguin
Random House
Grupo Editorial

Primera edición: marzo de 2016
Tercera reimpresión: octubre de 2022

© 2016, de la presente edición en castellano para todo el mundo:
Penguin Random House Grupo Editorial, S.A.U.
Travessera de Gràcia, 47-49. 08021 Barcelona
© 2016, David Aceituno, por el texto
© 2016, Daniel Montero Galán, por las ilustraciones

Printed in Spain – Impreso en España

ISBN: 978-84-488-4502-5
Depósito legal: B-2.086-2016

Impreso en Talleres Gráficos Soler
Esplugues de Llobregat (Barcelona)

BE 4 5 0 2 A

A Eva, más sabrosa
que un «dábano», por
aportarme tantas
vitaminas como el
brócoli.
A los guisantes Mónica,
Darío y Carolina, a su
lado se me va la olla.
D.M.G.

David Aceituno

Daniel Montero Galán

Beascoa

Algo está pasando en la nevera.

Se oye un runrún de hojas y murmullos, como si las cosas no estuvieran en su sitio. Y lo más raro es que hay luz aunque la puerta esté cerrada.

Pero ¿qué estarán tramando ahí dentro?

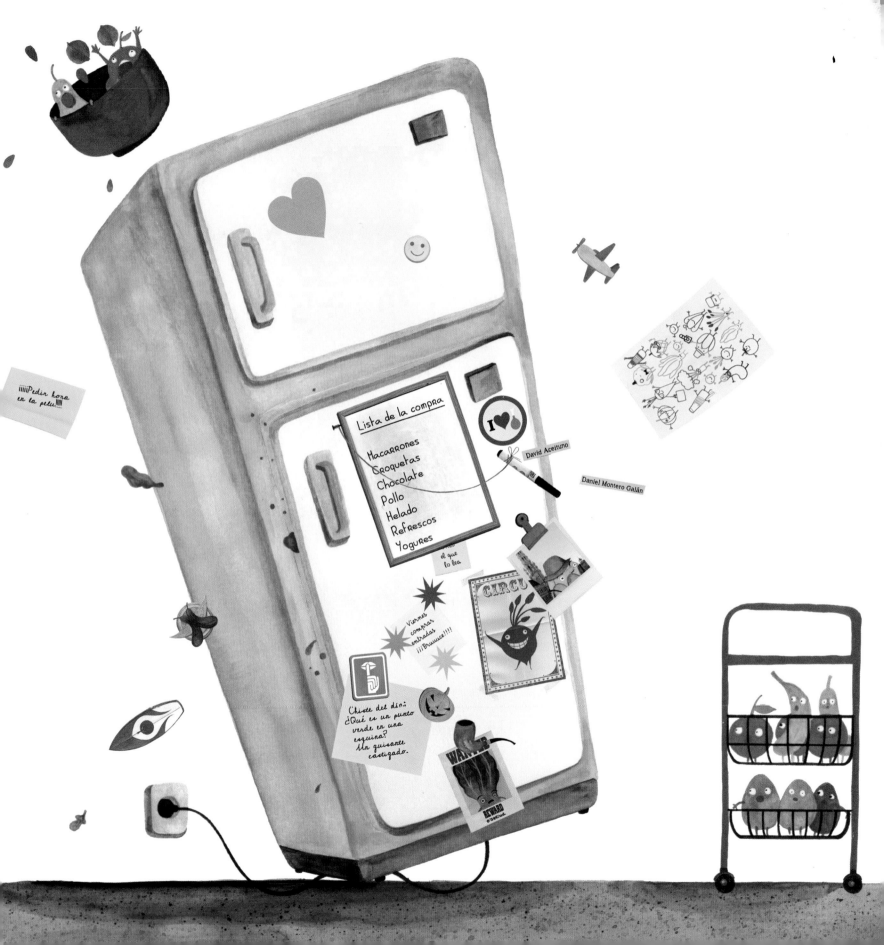

-¡Basta de niños llorones y quejicas! -grita la calabaza.

-Nunca se acaban el plato -gruñe el brócoli.

-¿Por qué a los macarrones no les hacen ascos?

-protestan las acelgas.

Las verduras parecen cada vez más enfadadas. Unas agitan sus hojas con fuerza. Otras hacen muecas. Al pimiento se le escapa una palabrota. A la coliflor, una pedorreta.

-¡No vamos a tolerar que nos traten así! -berrean todas a la vez-. ¡Nosotras somos las vitaminas!

-Está bien, está bien -interrumpe la berenjena-. ¿Qué os parece si...?

Y así, dentro de una nevera con la luz encendida, fue como empezó...

La rebelión de las verduras

Llorones y lloricas,

se os da muy bien eso de derramar lagrimones

cada vez que nos veis en el plato.

¿Acaso os damos miedo?

¡Ni que fuéramos monstruos!

Pues os vais a enterar, porque a partir de ahora,

¿examen de mates? Calabazas.

¿La niña que os gusta? Calabazas.

¿El niño que ayer os hizo ojitos?

¡Calabazas! ¡Calabazas!

¡Calabazas!

A partir de hoy,

¡todos los días serán Halloween!

¿Cómouuuu? ¿Que son las cincouuuu? Oh my God!
¡El hora del té es sagrado, así que dejadme tranquilouuuu!
Ah, pero ¿qué ve mi monóculouuuu en el periódicouuuu?
¡Rebelión al cantouuuu! ¿Por eso toda esta jaleouuuu?
¡Prrrrrrt! ¡Ups, creo que se me escapó un pedouuuu!
¿A qué vienen esas risas? ¡Silenciooouuuu o…!
¡PRRRRRRRT! ¡Se me escapóuuuu otro vez! ¿Puede
alguien abrir la nevera, please?

Rogamos a los lectores que disculpen los errores coliflortográficos de Lord Cauliflower.

Queridos todos:

Vale. Sí. Desaparecí.

Me di el piro. Me esfumé.

Me largué sin despedirme y lo siento, pero si me dan a elegir entre rebeliones y vacaciones, ¡QUE SE PUDRAN LAS REBELIONES!

Así que compré un billete de avión, hice las maletas y aquí estoy, lejos de los niños tiquismiquis y de las verduras revoltosas. ¿Que si hace más calor que en la nevera? Sí. ¿Que si me pongo bronceador? Sí. ¿Que si volveré algún día? ¡Jamás de los jamases!

Besos y hasta nunca,
Zanahoria

Avenida Quinto

Pimiento, nº 13

Comino Postal:

811947

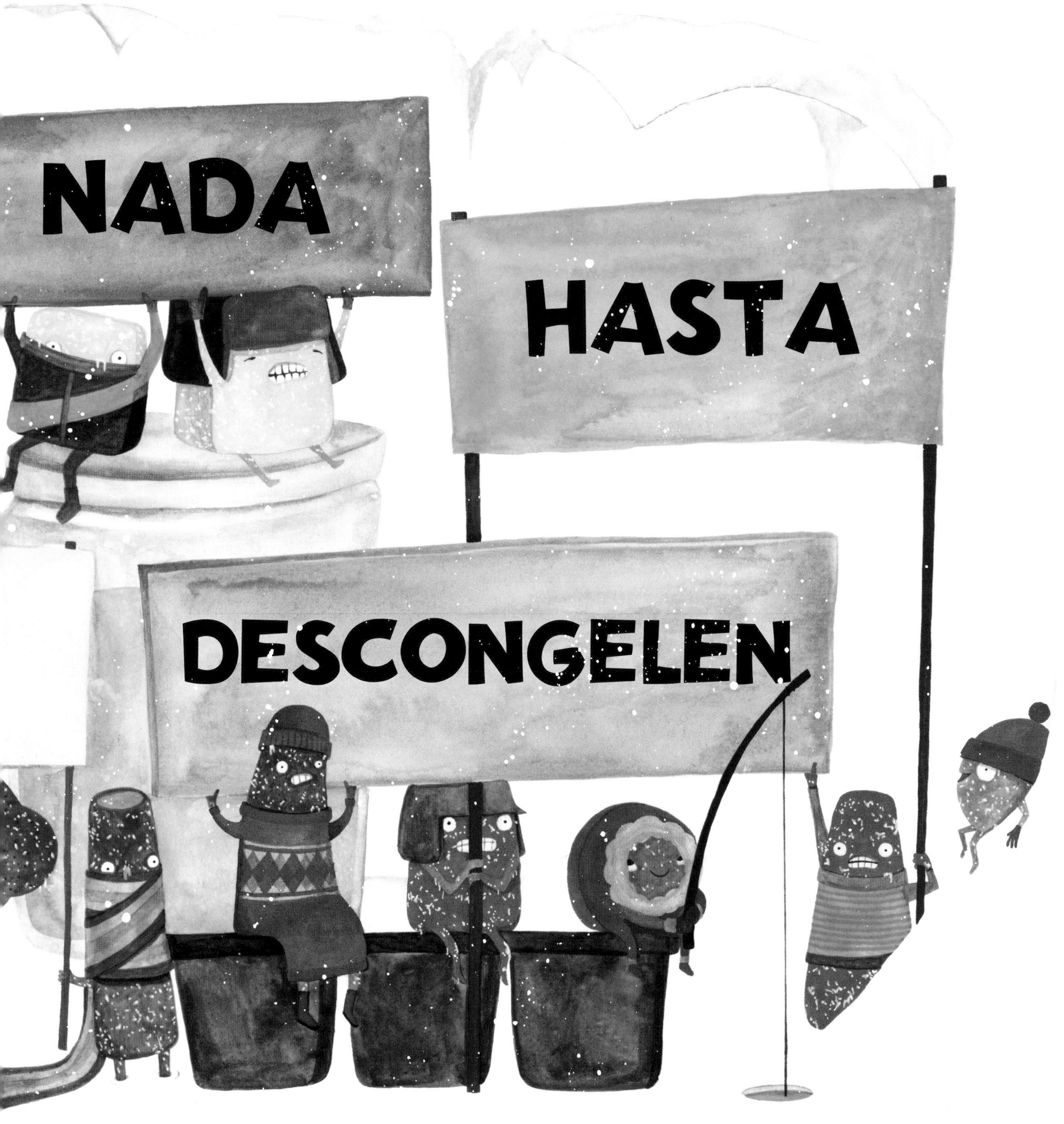
NADA
HASTA
DESCONGELEN

¿Y si extrajera el hierro de las espinacas y lo mezclara con...? No, no, eso ya lo intentó el profesor Apio y fracasó.

Claro que también podría alterar el sabor de Lord Cauliflower para... ¡NO, ese tontaina jamás lo permitiría! Veamos... Um... ¡Ya lo tengo! ¿Qué tal si reúno a todos los guisantes en un solo...? Pero ¿qué estoy diciendo? ¡Eso es de locos, y yo no estoy loco!, ¿verdad? No, yo no estoy loco. Soy el profesor Bróloqui, ¿o era Lócobri?, y busco la fórmula para que esos mocosos ignorantes llamados NIÑOS coman verduras sin rechistar. ¿Cuánto tiempo llevo intentándolo? ¿Diez años? ¿Treinta? ¿O empecé ayer por la noche? ¡Eh, guisante, aparta! ¡Me haces cosquillas! ¿Puedes parar? ¡Que pares! ¡¡¡Es imposible pensar cuando te hacen cosquillas!!!

Con que asco, ¿eh?

Asco a la izquierda. Asco a la derecha. Asco arriba y abajo. Por todas partes:

¡ECS!

¡ECS!

¡QUÉ ASCO!

¡QUÉ ASCO!

¡QUÉ ASCO!

¿Y sabéis cómo suena el asco cuando ladra? ¡Puaj, Puaj!

Pues ahora veréis lo que os prepararé de cena, piltrafillas. Los lunes y los martes, lengua de gato. Los miércoles, canelones rellenos de suela de zapato. Los jueves y los viernes, puré amargo de sapos. Y adivinad qué comeréis el fin de semana...

¡ECS!

Pues eso: iración doble de acelgas!

Estimadas verduras,
queridos pequeñajos:

Enfadarse no mola nada, así que relajaos un poco y dejad que el mal rollo se aleje de vuestros corazones. ¿No os dais cuenta de que estar de morros sienta fatal? Niños, en lugar de lloriquear cuando nos veis en el plato, podríais cantar una canción. Y vosotras, verduras, cada vez que os sintáis rechazadas, plantad una flor. Donde se pongan música y flores, que se quiten lágrimas y decepciones.
¡Paz y amor, hermanos!

VEGETABLE POWER

VEGETABLE ARMY

¡Van a enterarse esos mocosos de quien manda en la cocina! Verduras, ¡rompan filas! **Tú, alcachofa**, déjate de reconciliaciones y rodea esa tortilla.

Guisantes, ¡a la olla! Yo me encargaré de sabotear la lasaña de la cena, infiltrarme en la salsa de los macarrones y convencer a la zanahoria para que no se vaya de vacaciones. Puede que hasta las patatas del cajón de al lado nos echen una mano.

¡Nos van a oír esos niñatos!

¡Vitaminas al podeeeeeer!

¿Zozoz nozotroz?
¡Y un dábano!

¡Que noz azpen zi no noz habéiz confundido con la demolacha!, podque a zabrozoz no noz gana ni la cebolla. Exigimoz:

1. Que ze noz deconozca nueztro zabor picantón.

2. Que loz padrez no noz tiden a la bazuda.

3. Y lo máz importante: que loz niñoz no ze dían de nueztra fodma de hablad.

De lo contradio, ¡nueztro cidco azaltadá laz enzaladaz del mundo!

YO GUISO.
TÚ GUISAS.
ÉL GUISA.
NOSOTROS GUISANTES.

¡ABAJO LA KARNE!
¡ARRIBA YO!

SI LOS MOCOS FUERAN PERFECTOS, TENDRÍAN FORMA DE GUISANTE.

LA TIERRA ES REDONDA. EL GUISANTE, TAMBIÉN.

DA IGUAL LO QUE HAGAS, NOS COMERÁS GUISANTES O DESPUÉS

SOMOS LA PESADILLA DE LAS PRINCESAS DELICADAS.

MÁS VALE SALTAR DEL PLATO QUE PASAR UN MAL RATO.

Excusez-moi...

Creo que nos hemos pegdido. ¿Puede alguien decignos dónde está el cajón de las vegdugas? Nos han dicho que está pog aquí cegca. Hemos venido de Bruselas a pasag unos días y a visitag el monumento del Yogug Caducado, pero esta nevega se ha vuelto loca y no encontramos nada... ¡Caguigno, sácale una foto a esa botella! ¿Dónde estamos? Mon Dieu! ¿Alguien ha visto a mis pequegnos?

EH, PIMPOLLOS, QUE SEPÁIS QUE A **MÍ** ESTO DE LA REBELIÓN

ME RESBALA. SI NO QUERÉIS COMERME, ALLÁ VOSOTROS.

YO SIGO A **MI ROLLO**, ¿VALE?

POR LAS MAÑANAS, DUERMO; POR LAS TARDES, RAPEO;

POR LAS NOCHES, SALGO DE LIGOTEO.

Y SI VOY DE VERDE, DE ROJO O DE AMARILLO ES ASUNTO **MÍO**.

¡Y SI A VECES PICO ES PORQUE ME RÍO!

VEO, VEO, ¿QUIÉN SE APUNTA ESTA NOCHE A UN BAILOTEO?

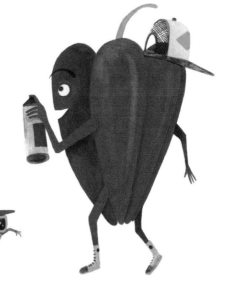

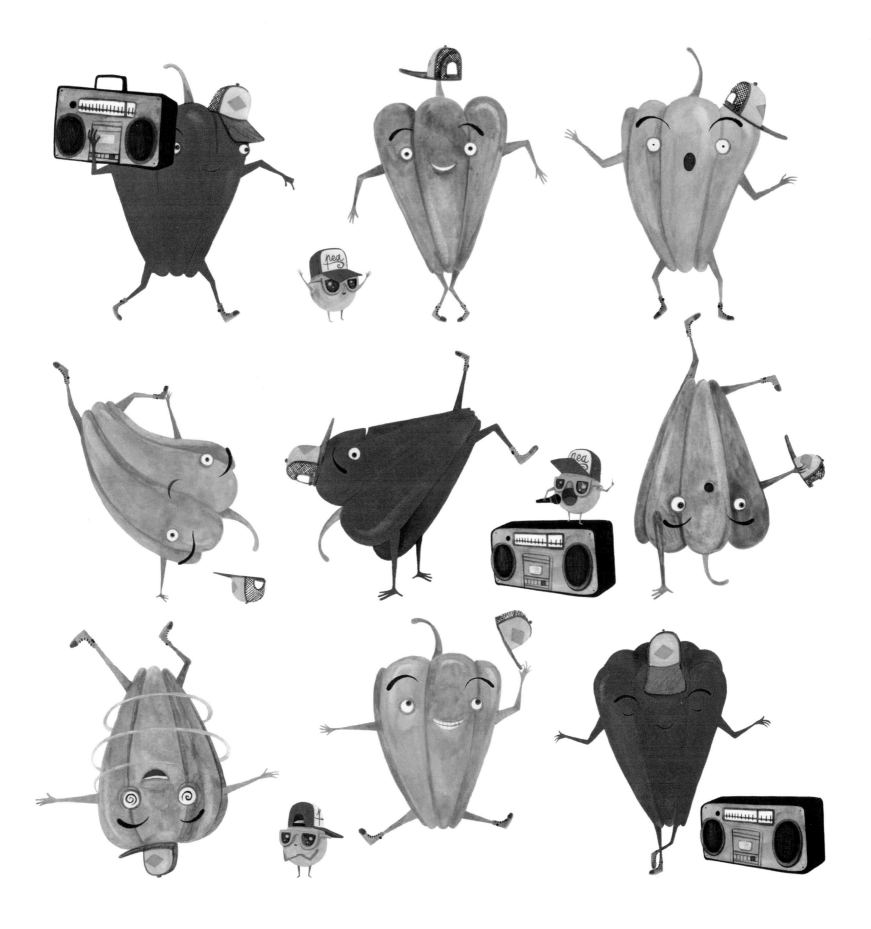

Nos hemos ido a aburrir
a otra parte.
Volvemos en 5 minutos.

Con cariño,
La fresca de la lechuga

Lo último que necesito yo ahora mismo es una rebelión. Con lo bien que podría estar dándome un chapuzón en la salsa boloñesa, surfeando en la base de una pizza o animando una ensalada.

Niños, no hagáis caso a las verduras, que son muy plastas. Os llaman quejicas, ¡pero las quejicas de verdad son ellas!

¡Shhhhhh!

No le di-di-digáis a nadie que estamos aquí escondidas.

Los ni-ni-ni-niños nos dan mi-mi-miedo porque se quejan sin-sin-sin parar.

La berenjena nos aterra porque gri-gri-grita todo el rato.

Lord Cauliflower nos da escalofri-fri-fríos porque huele fatal.

Y los gui-gui-guisantes...

¡NO HAY QUIEN SE ESCONDA DE LOS GUISANTES!

P. D.: ¿Podéis decirle a la ce-ce-cebolla que se apiade de nosotras?

Las espi-pi-pinacas

¡¡KAPOW!!

No soy una supervillana porque tenga un montón de capas o porque lleve este antifaz, que también.

Soy una supervillana porque

¡TENGO EL PODER DE HACER LLORAR!

Y como digáis que me repito, que por mi culpa os apesta el aliento o que tengo un sabor asqueroso, esta noche convoco toda mi fuerza y me cuelo en el sofrito.

¡¡BAM!!

¡¡OUCH!!

Y después de haber gruñido, bailoteado, gritado, bostezado, protestado y brincado, las verduras se sintieron agotadas, indignadas y terriblemente mareadas.

¡No sabían que una rebelión cansara tanto!

Se apagó la luz y, una a una, las verduras se fueron quedando dormidas.

Y mientras la berenjena soñaba con su venganza, la coliflor con la hora del té y «loz dábanoz con la demolacha», una mujer se acercó a la nevera y abrió la puerta.

Detrás, la voz de un niño dijo algo que las despertó a todas:

–¡Mamá, hoy quiero verduras!